Auswahl zum Mitlesen aus der Demos-Trilogie

Thomas Klinger

Auswahl zum Mitlesen aus der Demos-Trilogie

Demos und Custos
Demos und Liberator
Demos und Magister

Gedichte über
Demokratie und Menschlichkeit

MENSAION VERLAG

Originalausgabe – im MENSAION VERLAG
c/o Block Services, Stuttgarter Str. 106
70736 Fellbach, Deutschland
Kontaktadresse nach
EU-Produktsicherheitsverordnung:
kontakt@mensaion.de
© 2024 by Thomas Klinger
ISBN-978-3-68918-029-4 (Softcover)
Satz: LaTeX ebgaramond
Herstellung und Vertrieb: tredition GmbH,
Heinz-Beusen-Stieg 5, 22926 Ahrensburg
Gedruckt in Deutschland
Umschlaggestaltung: © by Mensaion Verlag
https://www.mensaion.de/
Besuchen Sie uns im Internet

Vorwort

Die im ersten Halbjahr 2024 entstandenen und veröffentlichten drei Gedichtbände der Demos-Trilogie

1. Demos und Custos. *Gedichte. Über Demokratie und ihre Verletzlichkeit,*

2. Demos und Liberator. *Gedichte. Über Demokratie und ihre Potenzialität,* sowie

3. Demos und Magister. *Gedichte. Über Demokratie und ihre Lehren,*

umfassen etwa 1050 Gedichte auf über 420 Seiten, wobei Inhaltsverzeichnisse, Anmerkungen und Alphabetische Verzeichnisse jeden Teilband ergänzen, sodass ein Gesamtumfang von starken 600 Seiten entstanden ist. Dabei sind kurze, zweizeilige Verse ebenso ansprechend zu finden, als auch mittlere und bis zu zweiseitige Gedichte dem Thema Demokratie und Menschlichkeit gewidmet.

Angenehme Rückmeldungen bei Lesungen aus diesem Gesamtumfang, spiegelten den Bedarf von handlichen Lesekopien, die bei Lesungen benutzt werden könnten, um den akustischen Eindruck mit dem visuellen Erkennen von Sprache, Wort- und Bedeutungsnuancen zugänglicher und vor allem schneller erfassbar zu gestalten. Gerade auch ältere Teilnehmer und Teilnehmerinnen befürworteten die Möglichkeit mitzulesen günstig.

Da in Workshops und Werkgesprächen mit anderen Autoren und Autorinnen Gedichte auch oft sowohl in gedruckter Form vorliegen als auch zweimal vorgelesen werden, entschied ich mich eine kompakte Ausgabe zusammenzustellen, die genügend Variationen bietet um auch erneute Lesungen dennoch facettenreich und ansprechend gestalten zu können. Dieser Auswahlband sollte nicht zu knapp und nicht zu umfangreich werden und dabei zudem eine gute Repräsentation der gesamten Demos-Trilogie darstellen.

Es ist nun in etwa ein gutes Achtel der Gesamtzahl der Gedichte der Demos-Trilogie und ebenso viel von deren Gesamtseitenzahl in diesem Auswahlband enthalten. Das Lyrikbändchen ist damit nicht nur für Lesungen geeignet, doch auch für das selbst geführte Lesen zu Hause oder unterwegs.

Die drei Originalausgaben der vollständigen Teilbände bieten eine Fülle weiterer lyrischer Perspektiven an und neben Reimen im klassischen Stil auch zahlreiche reimlose Gedichte in rhythmisch-metrischer Weise geschrieben. Geholfen ist dem Lyrik- und Menschenfreund, sowie den demokratieaffinen Lesern insbesondere, wahrscheinlich, wenn an ihnen, durch diesen kleinen Auswahlband inspiriert, das Interesse entstanden sein sollte die vollständige Demos-Trilogie zu konsultieren.

Zudem kann abschließend die Empfehlung für die drei Teilbände auch dahingehend ergänzt werden, dass dort jeweils vier- bis sechsseitige Vorworte den Hintergrund und die Genese dieser Gedichte-Trilogie erläutern und daher auch eine verständige Hinführung und schlüssige Motivation in Prosa, zur Nutzung der Lyrik über das Thema Demokratie und Menschlichkeit, hiermit zur Aufmerksamkeit gelangt.

Thomas Klinger, Oktober 2024

Auswahl aus Demos und Custos[1]

1
Widmung 1 aus Demos und Custos

Wenn die Nacht erscheint und es gilt wach zu bleiben,
dann lass die Augen klar nicht in das Dunkel sinken.

2
Widmung 2 aus Demos und Custos

Heut ist die Zeit, da Geschichte erscheint
auf dem Markt, in der Bahn, bei dem Fest.

Wo ist das Leid, das sich noch nicht weint
ins Verzeihen, in das Licht und Vertrauen?

Wer ist bereit für die Wahrheit, die meint
zu erkennen, zu verstehen, zu verdauen?

Dass die Freude, der Sinn sich zügig vereint,
um nicht Scherben zu kehren und die Pest?

3
Es mögen

Es mögen gute Zeiten kommen,
die Frieden unserer Seele sind,
die Eintracht auch im Geist vernommen,
wo Wahrheit frei den Sinn gewinnt.

Es möge sich der Sinn betonen,
der immer öfter sich gelingt,
ein Herz recht tief dazu gewonnen,
wenn staunend Schönheit frei beginnt.

4

Edel ist

Edel ist, was uns verbindet,
dass Faschismus hier verschwindet!

Und in aller Welten Länder
sollen bunt sein, die Gewänder!

Kommt, ihr Freundinnen und Freunde,
es soll bröseln, was einst bräunte.

Farben werden Leben spenden,
jeglich Braunes früh beenden.

Denn Nie-wieder bleibt Nie-wieder
jenem Land der klugen Lieder.

Von Faschisten sich befreien,
soll die Welt sich gütig weihen.

Denn das Gute sich nur findet
bei dem Edlen, das verbindet.

Nicht im Spalten oder Hetzen,
nicht im Sinn und Geist-Verletzen.

Nicht im Jagen oder Klagen,
sondern durch das Fragen wagen.

Edel ist, wenn wir benennen,
wie wir Wahrheiten erkennen.

Wo nie wieder wir uns hassen,
wird der Frieden unseren Massen.

Wo wir nicht am Sinn betrüben,
werden wir Vertrauen üben.

So wird edel, frei der Geist,
der das Kluge uns beweist.

5

Der Liebe Beginn

Kann es sein, der Mensch wird weise,
wenn er nach der Wahrheit sucht?
Sinnig, tief, erfolgreich, leise,
doch nicht mehr den Welten flucht?
Schaut so Wahrheit, Schönheit, Güte,
mit Vollkommenem innig lebt?
Da, gewiss, er seine Blüte
hin in die Entfaltung webt?

So wird's sein, es sei bewiesen,
Menschen suchen stets nach Sinn,
braucht es aber auch ein Gießen
jenes Pflänzchens zum Gewinn
eines Geistes, eines Herzens,
eines freien, frohen Sinns,
da doch auch die Last des Schmerzens
gibt der Liebe den Beginn.

6

Jetzt ist die Zeit

Jetzt ist die Zeit die großen und tiefen Fragen zu stellen,
da die Phrase entzweit, wenn der Ungeist erneut davon schwätzt.

7

Sie traten ins Freie

Sie traten ins Freie und sammelten sich
in Städten, Gemeinden und Dörfern, vor Ort,
entschärfend die Klinge, den hetzenden Stich
der Eitlen im Lande, durch Jahre hinfort.

8
Die Freiheit liess sich nicht beirren

Die Freiheit ließ sich nicht beirren,
und nicht von der Gewalt einschüchtern,
da klarer konnte sie entwirren,
als jene Macht, da sie selbst nüchtern.

Die Freiheit sang von einem Frieden,
wo Macht die Furcht im Bauchraum stand;
so konnte Freiheit besser lieben,
als jene Macht des Krieges Hand.

9
Ich werde mich nicht freuen können

Ich werde mich nicht freuen können,
wenn wir den Krieg gewinnen
und werd mir keine Feiern gönnen,
kein Gläschen und kein Singen.

Ich tupfe manche Tränen weg,
wenn wir den Krieg gewinnen
und bleibe doch nicht im Versteck,
denn Liebe nur zeugt Singen.

Ich schaue mir das Sterben an,
wenn wir den Krieg gewinnen
und spüre auch mein eigenes dann,
so steht und fällt das Singen.

Ich bleib neutral zum Lebenssinn,
wenn wir den Krieg gewinnen
und schaffe mir ein tieferes Kinn,
dem Sterben kann gelingen.

Ich freu mich nicht, brauche nicht Trost,
wenn wir den Krieg gewinnen
und bin nicht über ihn erbost,
denn ich bin mitten drinnen.

10
AUF DEM WEG ZUR STILLE

O arme Welt, du voller Leid und Agonie,
irrst noch herum im Alle der Unendlichkeit.

Du chancenreiche Weltenkunst, hörst niemand zu,
nicht andren und nicht dir allein, wo bist du nur?

O taube Welt, du voller Lärm und Lebensweh,
kommst atmend nicht zum Grunde deines Lebens Glück.

Du hoffnungsvoller Erdentrost, der zweifelt noch,
was soll aus dir geworden sein, da du nicht lernst?

*

O feine Welt, nimm dich in acht vor jenen dort,
die irrig reden mit dem Wort von eitlen Dingen.

O kluge Welt, stell Fragen weiter, tiefer uns,
da ohne Antwort auf das Neue nur die Tode folgen.

O freie Welt, besprich mit allen jene Rätsel,
die immer wieder neu uns wundern, staunen lassen.

O liebe Welt, ergründe diesen Augenblick,
um Liebe für die Welten, sprachlich auch zu fassen.

O Friedenswelt, werd' glücklich du vollkommen,
lass Unvollkommnes nicht noch täuschen deinen Geist.

O Weltenwind, verwinde deinen Gram und Schmerz,
gewahre jenen Traum in dir, der Stille ist und Sinn.

O wahre Welt, bewahre vor der Torheit dich,
nimm an die Stille frei, in deiner Seele Herz.

O stille Welt, erweitre dich unendlich weit,
wo Sinn erwartet dich beim Atmen freien Raums.

11
SIE GINGEN WIEDER AUF STRASSEN UND DIE PLÄTZE

Sie gingen wieder heut auf Straßen und die Plätze,
getragen von Gewissen im Anblick unserer Zeit
und traten näher ran an jene Freiheit Schätze,
wo Frieden aus dem Volk und Bürger trägt die Welt.

Sie hatten klar im Blick den Drang der eitlen Hetze
von jenen Irrenden am Tag der Unruhen Nacht,
da sie nun deutlich sah'n, wie jene ihre Netze
auswarfen, um zu fangen die bürgerliche Macht.

Es war so wunderbar die Wahrheit zu erblicken,
obwohl ein weiter Weg noch lag voraus, bestimmt,
denn sollten Mühen und Gedeihen nicht einknicken,
doch wieder werden klar, was guten Welten singt.

12
WO UNS EIN FRIEDEN EINT

Wo uns ein Frieden eint, der Wort und Schweigen kennt,
wird bald die Tat des Unheils keine Macht mehr finden;
da so sich Freiheit nicht als eine trübe nennt,
wird jede Wahrheit sich nicht mehr vor Lüge winden
und keine Furcht mehr zeigen vor den Hetzenden.

13
FIND' ZU DER LIEBE HIN

Find' zu der Liebe hin, die manche der Gesellen
sich zynisch ausradieren, da sie das Wort verschmähen,
das auf den Sinn der Zeit und jene edlen Wellen
der Freiheit Meere schaut –, da du wirst so verstehen
mit einer Freude dir, die nicht nur dir wird sein.

14
SAG FROH, DU FREIHEIT

Sag froh, du Freiheit, was wir sollen,
was uns im Geiste frei befreit
und schaue auch der Welten Schmollen
der Wahrheit, die uns alle weiht –
Denn wenn, du Freiheit, dich hier zierst,
du diese Welt gewiss verlierst.

15
WER EINT SICH NOCH

Wer eint sich noch und traut mit Mut
dem Menschen zu den frohen Frieden?
Wer weint und schämt sich ob der Glut
des Mangels an dem guten Lieben? –
Komm frei, du guter Freund der Zeit:
Es ist der Augenblick nicht weit.

16
AM MORGEN SCHREIBE ICH

Am Morgen schreibe ich ein Lied
für dich, die mir im Herzen blieb,
obwohl du dich von meinen Sternen
suchst doch auch gerne zu entfernen.
Ich sage frei: Ich liebe dich
und hoffe für uns, du auch mich.

17
WENN EINER MEINT

Wenn einer meint, dass seine Welt
ist nicht in dieser Welt zu finden,
dann meint er wohl, dass seine Welt
sich stets von dieser wird entbinden.
Und dass er nicht mehr Träume wagt,
doch augenblicklich Wahrheit sagt.

18
Ich habe heute

Ich habe heute gut geschlafen
und träumte, dass auch du den Hafen
des Glückes fandst, den frohen Sinn
der Liebe daher, mit Gewinn.

Ich habe heute dich gespürt,
wie dich ein Sinn des Daseins kürt,
doch sah ich auch, es fällt dir schwer
mit mir und auch ich weiß woher.

Ich habe heute nachgedacht
und ja, ich hab mir klar gemacht,
dass ich, obwohl du mit mir ringst,
du dennoch auch noch mit mir singst.

Ich habe heute so erkannt,
was Liebe jedem Sinn verlangt,
dass ich und du, wir sollten bleiben,
um weitere Seiten so zu schreiben.

19
Wer legt einen Wert auf Wahrheit und Stil

Wer legt einen Wert auf Wahrheit und Stil,
auf klares Betrachten von Fragen und Sinn?
Wem zeigt sich das Fragen als Einladungsspiel,
als Freundschaftsgelingen schon zu Beginn?

Ihm wird wohl klar sein das aufrechte Ringen
um Recht und Gerechtes, um Freiheit und Wert;
der Mensch wird sich suchen stets neues Besingen
des Menschseins, das sich im Vertrauen bewährt.

Die Zukunft wird sein, wie das Heute es will
und kann und betrachtet, mit freiem Gemüt;
frei wird sie sein, jene Welt ohne Drill –
der Zeit wird Vertrauen, wenn es heute schon blüht.

20
VOM BEGEHREN DES „UNMÖGLICHEN"[2]

Ich liebe den, der möglich macht,
was andere für unmöglich halten,
all jene, die ihn ausgelacht
und tatenlos die Hände falten
und beten nur, nicht denken willig –
das lässt er sich nicht bieten billig.

Ich liebe den, der wissend ist
und sucht nach weiteren Möglichkeiten,
die Trotz-Kritik der Welt vergisst
und forscht nach weiteren Löblichkeiten.
Er braucht die starke Herzensbrust
und für die Wahrheit auch die Lust.

Ich liebe den, der weise wird
noch mehr als alle andern wohl,
denn dieser auch dem Irrtum stirbt,
der manches Handeln lässt recht hohl
ins Blinde eifern, ohne Schauen,
wie besserem Wissen sei zu trauen.

So lieb ich den, der weise ist
und Wissen auch als Seines kennt,
auch eitel nicht den Irrtum frisst,
doch seinen Eigenen auch nennt –
und daher Welt und Leben liebt
und andrer Irrtum still vergibt.

So lieb ich jene Liebenden,
die wissend, weise, menschlich sind,
und jene Weisheit Schiebenden
bekämpfen nicht, da die noch Kind
der Menschheit sind – der allzu jungen –
weshalb er gern hat sie besungen.

21
POPPER, BRECHT UND ICH

Ich stehe heut im Zeichen doch
von Popper und auch Brecht nun noch,
die beide, wirklich rational,
verstanden mancher Menschen Qual.
Und auch das Irren und Vermeinen,
das Eilen und auch das Zerreimen,
wenn die nicht die Essenzen schauten
und klugem Geiste nicht vertrauten.

Was diese beiden daher eint
ist Klugheit, die nicht einfach scheint,
doch klar die Menschlichkeit besitzt
das Wort zu führen, angespitzt,
um deutlich einen Stift zu führen,
der Menschliches will dabei küren
und zeichnen auch die trüben Schatten
von jenen, die es noch nicht hatten.

Doch auch, um klar und deutlich wissend,
den Sinn des Augenblicks nicht missend,
geradeaus, die Kurve nehmend
und nicht im Denken sich bequemend,
wie jene, ja, die oft schon meinten,
dass Aggressionen Menschen einten
und Pöbel, trübe Tassen, Eitle,
vermeinten sich als die Gescheitle.

Die harte Diskussion der Welt
der Politik braucht nicht den Held
des großen Mundes, Klappe laut,
doch eine, die mehr auferbaut
durch Sachlichkeit im Argument
und klugem Geiste, ausgepennt,
mit spürbar großem Herz und Sinn
mit Weisheit für des Tags Beginn.

Wir Dreie geh'n damit d'accor,
dass mancher Mensch sich bald verlor,
wenn er und sie nicht günstig denken
und sich die Ratio dabei schenken,
nicht menschlich und mehr eigen glauben,
wie sie sich besseren Kampf erlauben,
um zu gewinnen und zu siegen
und auch zu sparen sich das Lieben.

22
WER STETIG AN DEN BRÜCKEN BAUT

Wer stetig an den Brücken baut,
weiß, wie man, trotz der Kluft, vertraut,
dem Sinn, die Ferne zu beschließen,
um Freiheit, Frieden zu genießen.
Die andern, die uns Gräben ziehen,
ersuchen dem Vertrauen zu fliehen
und meinen, dass sie es schon hätten,
da sie die Welt so wollten retten.
Wer Gräben aber überwindet,
sucht weiter Wege und verbindet.

23
DAS VOLK UND DIE STUFEN

Das Volk hat eine große Hand,
auf der viel Platz für jeden ist.
Dies gilt uns für ein jedes Land,
wenn auch der Staat dies nicht vergisst.

Das Volk dient jenem Menschheit Wohle,
der Erde, die erblüht mit ihm.
Das Gut und Böse sind die Pole,
dazwischen Stufensinn sublim.

24
ÜBER DIE MÄRTYRER-PHANTASIE

Wer wollte dem Hetzer das Opfer abnehmen
und glauben, er könne sich damit bequemen?
Und Märtyrer werden?
Und uns es verderben,
da er uns ersuchte stets zu beschämen?

Wer will lieber klar die Hetzer benennen
und wissen, was diese heut noch verkennen?
Die Demokratie!
Das Wissen auch, wie
wir sachlich die Werte dieser erkennen!

Die Wähler der Hetzer sind irrational,
wie auch jeder Hetzer bei jener Wahl.
Was also Märtyrer
ist nur ein Verführer
in Richtung einer viel größeren Qual.

Nicht täuschen uns daher an Emotionen,
sie werden das Falsche gewiss meist betonen,
den Hetzer, Verletzer,
den Schwätzer, Verpetzer
von Demokratien, die sonst sich doch lohnen.

25
FROH IST DER MENSCH

Froh ist der Mensch, der mit Wahrheit befreundet,
mit jener Suche nach Sinn und Vertrauen,
denn wenn er's nicht wäre, der Mensch würd' verleumdet
und dann auch hinsiechen durch jenes Ergrauen.
Wer also die Wahrheit sucht, wird sie auch lieben
und sich auch entziehen den grausamen Hieben,
die in jener Neigung zur Unwahrheit liegen.

26
Was sind die Fragen?

Was sind die Fragen, die zu stellen?
Wer kann manch Wahrheit nun erhellen?
Wer mag im Dunkeln bleiben nur?
Und daher geistig eitel, stur?

Ein Leben scheint nicht auszureichen,
um uns gerecht die Welt zu eichen –
und menschlich, im Vertrauen, Frieden.
Doch wer beginnt mit mir zu lieben?

Denn wer beginnt sich selbst zu lieben,
wird klarer schauen, was ist Frieden
und Freude der Gerechtigkeit
mit unsrer Eigenmächtigkeit.

Und nicht in Schlechtigkeit, doch mehr
in dem Bewusstsein, es ist schwer
den Frieden immer gut zu wahren.
Das gilt im Fernen und im Nahen.

Was sind die Fragen, die erscheinen?
Wer kann sie selber schon vereinen?
Mit Menschlichkeit, die forschend sucht
und nicht dem Nächsten – Feindschaft flucht?

27
Die Weils der Details

Es sei genannt, wer will es hören?
Den Mensch bedrohen die Details.
Die einen werden sich verschwören,
doch kaum ein Mensch fragt nach den Weils.

Sie glauben alle schon zu wissen
und zu verstehen komplexen Sinn.
Wo kaum ein Mensch prüft sein Gewissen,
da suchen sie nur nach Gewinn.

28
DIE SCHWEIGENDE MASSE,
SIE SCHWEIGT NIMMER MEHR

Die schweigende Masse trat hin zum Protest,
ging auf und ging ab die Straße entlang,
traf sich an den Plätzen, Millionen ein Fest,
das war für die Freiheit notwendiger Drang.

Die schweigende Masse bekundete frisch
Gesinnung für Frieden und Demokratie,
sie standen im Freien mit Sorge am Tisch,
gemeinsam sie setzten ein Zeichen, wie nie.

Die schweigende Masse nicht schwieg, nimmer mehr,
das ward zu beweisen in folgender Zeit
und würde doch etwas erfordern, was schwer,
doch hindert das Streben für morgiges Leid.

Die schweigende Masse schwieg nicht und war froh,
dass andere nicht schwiegen und sangen
für Demokratie und die Freiheit auch wo
sie meist nur recht schwer zu erlangen.

Die schweigende Masse nun spricht in Kontakt
mit schwankenden Geistern, voll Zweifel und Groll,
damit doch noch werde Vertrauen, und packt
den Sinn einer Welt, eines Lebens, das toll.

*

Die schweigende Masse hat damals geschwiegen,
von jener Gewalt erpresst, blieb sie stumm,
verbale Gewalt missbrauchte ihr Lieben
und wurde gerichtet vom Mundwerk, das krumm.

Die schweigende Masse will heute nicht schweigen,
trotz all des zynischen Wortes der Nacht.
Der helllichte Tag wird dem Lande es zeigen,
wo achtsam auch Liebe und Kluges erwacht.

29
Gezielter Entzug auf Zeit

Er meinte, dass die Grundrechte
auch jenen sind nicht zu entziehen,
Faschisten nicht, all jenen Schlechten,
die uns der Menschlichkeit heut' fliehen.
Es würde werden Tyrannei –
doch irrte er hier klar dabei.

Ich meinte, dass die Tyrannei
verhindert würde, wenn Gericht
nun stoppen würde dieses Ei
und klären den Bedarf der Sicht:
dass ganz gezielt und ohne Frage
die Menschlichkeit verhindert Plage.

30
Was wäre vonnöten

Was wäre vonnöten, wenn Feinde gewönnen
den Kampf um die Demokratie?
Und dann vielmehr andere Zeiten begönnen,
wohl welche, wie einmal schon hie?

Es darf nie ein Feind an die Macht gelangen
und täuschen den Bürger, wie sie,
da dieser Feind ist in sich verfangen
und braucht doch mehr Therapie.

Sag, Freund, nicht, ich würde diskriminieren
den Feind der Demokratie;
du Freund –: Die Feinde den Sinn nicht kapieren
des Lebens, des Leides, das sie.

31
Am Tage, wenn wir demonstrieren

Am Tage, wenn wir demonstrieren, Menschlichkeit beweisen,
wird trösten es uns in der Nacht, da uns das Dunkle sei
nicht aus der Welt und in den Herzen, manches Mal auch leisen
Verärgerung ob jenes Stichs, der uns darinnen ward.

Am Tage halten hoch wir kluge Sätze uns zu schauen,
auf Transparenten, Schildern, treffende Gedanken unserer Zeit,
dann soll die Phrase nicht gewinnen und jenes hohle Grauen,
das im Misstrauen quält und nicht beachtet unser Leid.

Am Tage nun, kann auch die Frage zum Zynismus werden,
wenn Feinde kapern uns, aus ihrer dunklen Nacht,
in jenes Land hinüber, wo wir Menschlichkeit bald sterben,
weil wir nicht klar genug schon wurden ob des Tages Pracht.

Am Tag begönne Nacht, wenn wir das Licht nicht schauten,
das von den Sonnen stammt, die weise Worte spenden
und die, auch kritisch, jenem Falter nicht vertrauen,
der uns geflogen kam, um uns in jene Nacht zu senden.

Am Tage, frisch, wird auch die Nacht bald zu uns kommen,
da dies uns regelhaft auch das Gesetz derweil
des Alls und Kósmos schenkt für ein recht glückliches Bekommen
der Chancen Liebe zu erringen für eine Kraft zum Heil.

Am Tag, wenn Gute, Wahre, uns das Heil neu definieren,
wird uns das Morgen offen bleiben und auch gewiss erfreuen
der Augenblick all jener Zeit des ewigen Sinnieren
nach Sinn und Frieden, den wir niemals dabei scheuen.

Am Tag soll Frieden sein und in der Nacht die Ruh',
da dieser Frieden auch uns tätig lässt bewegen
den Sinn der Arbeit und des Fragens ob des Nu
der Ewigkeit der Zeit, die einmal endet hier im Leben.

32
Der Bürger und der Staat

Es suchet der Mensch in dem Staat einen Trost
und beschuldigt derweilen ihn noch,
er ist mit den oben im Groll und erbost,
nicht entlasten, die oben, sein Joch.

Es findet der Mensch, im Irrtum, sich nicht:
der Staat enthebe den Bürger der Pflicht
zu kümmern sich um eine Haltung des Licht,
das Schatten auch lichtet zur Sicht.

Die Schuld, die verteilt wird, ist Schatten sodann,
denn einfach ist Leben noch nicht.
Nimm, o du Bürger, dein Leiden auch an:
such selber auch gütiges Licht.

Balance ist vonnöten, von Volk und von Staat,
ganz gleich ist's dem Staate ja nicht;
doch wenn manchen Rat sich der Bürger erspart,
bleibt dunkel sein eitles Gesicht.

33
Suche Freiheit

Suche Freiheit, du Freundin und Freund,
in dem Augenblick deines Geschick,
denn die Unfreiheit noch schäumt
voll mit Wut und dem Groll ihres Tick.

Suche Freiheit woanders nicht mehr,
als in dir, deinem seelischen Glück,
mit dem Dienst an der Welt und daher
auf der Spur jener Weisheit ein Stück.

34
GLAUB NICHT DER KLAGE

Glaub nicht der Klage, dem Jammern, der Schuld,
da diese recht ungut sich selber nicht sieht
und ohne Respekt und auch die Geduld
der Realität im Geiste entflieht.
Denn einer und eine, die glauben zu wissen,
sind kaum zu gewinnen für gutes Gewissen,
wenn sie in dem irrig eitelen Glauben
Millionen von Menschen am Leben berauben.

Glaub was die Sache hat menschlich zu sagen,
was klug ist und weise, nicht spaltet den Sinn
von jenem Bedenken das Beste zu wagen,
um edel und aufrecht zu leben mit Kinn.
Wer Kinn noch nicht hat, wird Schultern nur zeigen,
mit Kampf und dem Tod die Menschen vernichten
und zucken die Schultern, da krude und eigen
unmenschliches Herz sie eitel gewichten.

So glaub dir am Besten nur wirkliche Wahrheit,
den wirklich menschlichen Sinn und Vertrauen
und suche dir stetig die frischere Klarheit,
damit du für dich wirst am frischsten sie schauen.
Wo dir begegnet die Unruh und Hetze,
dort bringe dich still in Sicherheit, denn
zu gerne ja diese von Unwahrheit schwätze,
die wirklich ist Grund für die Lügen zu nenn'.

35
FASCHISTEN UND GEWALT

Faschisten sind nur mit Gewalt, so oder so,
        hier zu stoppen,
wo der Wähler ihn wählt, steht der Schwache
        den Lügen noch nah,
die er aber noch könnt leichter durchschaun
        ohne Trotz.

36
FASCHISTEN UND DER TROTZ

Wenn hier die Faschisten gewinnen, würd gewinnen
    der eitele Trotz,
jene irrige Sicht, die den Anstand nicht mehr ehrt
und Verbrechen erzeugt, weil er Feind
    des Lebendigen ist.

37
VOM VERSCHLINGEN DER LÜGNER

Wo die Frage erscheint, ob der Faschist nicht doch auch recht hat,
zeugt's den schleimigen Grund, wo schon rutscht die große Gefahr
in den Abgrund bald ab, der nicht nur die Lügner verschlingt.

38
WO IN DER WELT

Wo in der Welt Gerechtigkeit herrsche,
dort auch die Wahrheit uns liebt.
In einer Welt der Lüge und Märsche,
Kampf und den Krieg sie uns gibt.

Wo in dem Land die Menschen sie suchen,
dort auch die Wahrheit sie findet.
Denn in dem Land, wo Menschen oft fluchen,
dort sie die Lüge bald bindet.

Wo unsere Menschheit die Wahrheit schon kennt,
dort ist die Hoffnung zu spürn.
Denn sie wird achten und nicht verachten
und Menschen zur Liebe hinführn.

39
STILL NICHT DER WEISE

Still nicht der Weise, der Unwahrheit schaut,
denn der Weise wird leise die Formen spenden,
damit wir sie schauen, wie er – und sie wenden.

40
DER FASCHIST IST VERBRECHER

Der Faschist wird den selbst inszenierenden Kampf
    stets verlieren,
doch bis dahin wird er, schuldig an sich und der Welt,
    zum Verbrecher.

41
WIR SIND DIE MILLIONEN

Wir sind die Millionen der Demokratie, die verteidigt
wird von uns nun selbst, da nun Grenzen beleidigt
uns wurden schon mehrmals, doch nun exzessiv,
sodass uns vereint auf die Straße dies rief.

Komm nun auch, du Schwankende, Freundin der Zeit,
besinne dich gut auf den Grund all des Leid
und suche zu meiden das Leid und den Grund,
wir rufen nun laut in das Land hinein: Schund.

Schund jener Dreisten Meinung Gewalt,
Schund jenes Klagen, Verneinen, Hofieren,
Schund jenes Lügen und Fakten verdrehen,
Schund, denn das Ende sie müssen kapieren.

Komm nun auch du, du Schwankende, Freud,
widme dich Leben und Welten des Heut
und auch des Gestern, da dort wir verstehen,
wie heute sie lästern und können nicht sehen.

Wir sind die Millionen der Demokratie,
wir machen nun Schluss mit der Lüge, die nie
einsichtig ist hie, nicht fragt oder schweigt,
da sie allein will, dass die Geige sie geigt.

42
ÜBER DIE UMKEHR UND PROJEKTION

Erst hassen sie die Politik
und gründen selbst eine Partei.
Dann nutzen sie den einen Trick,
dass dieser Hass den Mächtigen sei
und unterstellen der Regierung
den Hass, zur eignen Infiltrierung,
um gegen, ja, sich selbst zu kämpfen.

Komplett so zeigt sich jeder Hass,
gefährlich an sich selber leidend
und überfüllt das eitle Fass,
das Sachlichkeit vermeidend,
von Anfang an, zerstörerisch
agiert und auch verschwörerisch,
rechts-kalt und auch verbrecherisch:
blau-braune trotzige Landverderber.

43
GROSSE UND KLEINE WELT

Große Welt wird kleine schänden,
wenn kleine Welt nicht groß sein will. –

Kleine Welt wird große enden,
wenn große Welt noch klein mit Drill. –

Große Welt wird Größe sein,
wenn kleine Welt die Größe hat. –

Kleine Welt wird kleine bleiben,
wenn große Welt nur Größen hat.

44
DEMOKRATISCH HANDELN UND VERWANDELN

Wie soll sie dich wandeln?
Wie willst du's erringen?
Die Sicht auf Demokratie!

Wie wirst du nun handeln?
Wann wirst du mir singen?
Vom Wesen der Demokratie!

Sie wird uns verwandeln.
Sie wird froh erklingen.
Erkenne die Demokratie!

Schau, wie sie verschandeln!
Schau, wie sie's erzwingen!
Mit Schmutz auf die Demokratie.

Sie Fragen nicht stellen
und meinen zu wissen,
zerstörend die Demokratie.

Da sie nicht erhellen
und ohne Gewissen,
verhexen die Demokratie.

Bedarf ist das Handeln.
Bedarf ist Verwandeln.
Im Sinne der Demokratie.

Auf Straßen zu wandeln,
um klarer zu handeln
als Masse der Demokratie.

Wer wollte verhandeln,
der würd nicht verwandeln,
doch schocken die Demokratie.

Wer wollte anbandeln,

der würde verschandeln
die Seele der Demokratie.

Gerade jetzt handeln,
Verbote anwandeln,
nicht gegen die Demokratie.

Doch *gegen* das Schandeln
und eitle Vergranteln
der Feinde der Demokratie.

45

So wähle weise

So wähle weise und entscheide klar,
und schau nicht zu und lass nicht wählen,
die Dreisten giften hier so lang wahr,
bis ihre Macht wird Bürger quälen
und jene aus dem Lande weisen,
die rechtschaffen sind und ernst
am Sinn des Menschlichen bewirken
die Pflicht, den Stolz ein Mensch zu sein
auf jenem Weg dies hohe Leben
recht zu begreifen und zu ehren,
was jene mit dem Schmutz riskieren
und quälen sich ein Mensch zu sein,
dem nun die Grenzen sind zu setzen,
um nicht uns weiter zu verletzen,
was gut ist und was sachlich schön
an dem Vertrauen war gewesen
in jenen Hallen und den Plätzen,
da wir uns wirklich innig schätzen.

Auswahl aus
Demos und Liberator[3]

46
Narziss ist kein Custos

Narziss ist kein Custos, er wacht nicht und schützt,
Narziss ist mehr lustlos, misstraut klugem Wort,
das er kaum begreift, da es ihm nicht nützt
und er daher kämpft mehr am irrigen Ort.
Wo Demos Narziss wird, zerrüttet die Welt,
da irrig Narziss glaubt, er sei groß schon Held.

47
Das Ego ist Leid

Das Ego ist Leid,
Narzissmus ist Schmerz,
hindurch jene Zeit,
wo sie auch im Scherz.

Das Ego ist kalt,
Narzissmus scheint warm,
sozial erscheint bald,
doch dies zeugt Alarm.

Das Ego ist hart,
Narzissmus verdrängt
die Wahrheiten smart,
die er auch erhängt.

48
AN JENE, DIE IRRIG NOCH ZWEIFELN

Mein Freund, was ist die Wahrheit heutzutage?
Was sind die Fragen, die wir könnten stellen?
Was ist dein Leben, im Angesicht der Klage,
wo wir den Sinn noch suchen und in Wellen
uns noch nicht ganz verstehn am Sonnentage
und du und ich ihn könnten noch erhellen?

Lass uns die Fragen stellen, die uns verbinden
und lass uns von der groben Klage ab,
da wir das Beste für uns alle finden,
wenn wir ergründen, wie sich Sinn begab
und Freude, Freund und Freundin, allemal,
da all die Erde wurde uns zum Saal.

Lass ab uns sein von Schuld und jenem Jammern,
das uns zu Feinden beugt, ich bin dein Freund,
da mir im Herzen wohnt nicht jenes Klammern,
das nicht die Freiheit kennt und daher schäumt
vor Wut und Groll und Aggression der Nacht,
da doch uns alle sucht ein Sinn, der lacht.

49
SCHÜTZE DIE WELTEN

Schütze die Welten vor Trug und Täuschung
mit ernstem Erblicken,
traue der Zeit nur mit Maß, Fragen als Antwort geschaut.

50
MITTIG

Trau dich den Ton jedes Wortes zu treffen mittig zum Klang,
mittig ins Herz jenes Friedens, der die Frage als Antwort erkennt.

51
DURCH ALL DIE JAHRTAUSEND

Durch all die Jahrtausend die Täuschung erschien
uns wieder und wieder die Welt zu verwirren.
Die Täuschung sich zeigte uns niemals sublim,
doch besser nur wissend, in ihrem Irren.

Durch all die Jahrhundert hat Irrtum erzeugt
die schrilleren Schreie der menschlichen Not.
Der Irrtum verdarb uns und hat uns gebeugt
hinunter zur Hölle und in deren Kot.

Durch all die Jahrzehnte hat Wissen versagt
bei jenen, die täuschen und irren sich leicht.
Das Wissen sie haben recht eitel beklagt
zur Lüge gedeutet und auch als zu seicht.

Durch alle die Jahre hat es nicht gereicht
Vertrauen zu schaffen durch Reden und Wort.
Der Eitlen Jahrtausend wird schwer nur erweicht
durch klügere Reden und immer so fort.

Doch durch den Moment, der uns immer gegeben,
lebt letztlich die Chance für Sinn und Vertrauen.
Wir geben uns hin in das größere Leben
die Wahrheit zu suchen, die stets ist zu schauen.

52
WIR SOLLTEN GEMEINSAM

Wir sollten gemeinsam Vertrauen stets üben im Zuge der Zeit,
doch auch klar erkennen Misstrauen im Wort und Gesicht,
da Worte uns täuschen, und Kraft uns führt irrational
den Falschen zu folgen, im Glauben die wüssten es schon,
doch die vermeinen, durch Maske und Protz und Aggressionen,
der Wolf schon zu sein, der unkontrolliert unsere Schafe reißt.

53
Bildungsfeinde

Bildungsfeinde sind die Dreisten schon immer gewesen,
täuschen uns Wahrheiten vor, die von Lügen getränkt sind.
Prüfen nicht, schauen nicht, fragen nicht, wollen nur eines:
Fakten bestimmen, statt zu suchen nach Sinn und Vertrauen.

Bildungsfeinde, die selbstbewusst geworden in Freiheit
Freiheit nicht ehren, weil sie die Bildung noch nie gemocht.
Besserwisser, Eitle, Jugend verdorben in Großmaulmanier,
Leiden im Grunde am größeren Leben, das sie nicht verstehen.

Bildungsfeinde, im tragischen Kampf mit sich selber, verloren
Wege zu finden, da niemals sie suchten den tieferen Sinn
für ein Leben in Liebe, die ihnen kaum wurde und wenn
nur verdorben, vergewaltigt, grade verbal: – sie tun es mit uns.

54
Wo finden wir

Wo finden wir erfüllt ein Leben,
das uns in Frieden lässt gedeihen?
Ein Leben, das ersucht zu weben,
wie wir einander froh uns weihen?
Kann es gelingen, dass wir streben,
um unsre Leiden zu verzeihen?
Wer wollte nicht sein Bestes geben
und zu der Liebe hin sich reihen?

55
Das gelungene Kind der Wahrheit

Ist jene Wahrheit denn nur Leichtgewicht,
das jeder meint, sei schon dem Geist bekannt?
Und die auch andre hätten sich noch nicht
geschaut mit ihrem eitlen Sinn im Land?
Gemeinsam nur, da wir noch einsam sind,
wird uns die Wahrheit zum gelungenen Kind.

56
Wir Menschen suchen

Wir Menschen suchen nach Nahrung kaum mehr,
wir suchen noch weitere für geistiges Wohl,
wir suchen der Seele die Heimat so sehr,
die andere Seite des irdischen Pol.
Ist es denn möglich den jemals zu finden?
Wie können wir nur uns von uns entbinden?

Wir Menschen suchen den ewigen Frieden,
der nicht mal im Tod scheint wirklich gesichert,
wir suchen den Halt im Üben des Lieben,
wenn bald nach dem Sturm Humor wieder kichert.
Ist es denn möglich zurück zu gelangen
zum Frieden des Augenblicks innigem Trost?

Wir Menschen suchen und suchen stets wieder
die Freude mit Menschen, bewährtes Vertrauen,
so manche erfinden der Harmonie Lieder
und andre sich suchen die Wahrheit zu schauen. –
Es ist alles möglich, was wurd hier genannt,
manch Fragen sind oft auch als Antwort bekannt.

57
Die Frucht des Suchens

Es zieht uns das Suchen zur Freude wohl hin,
zu uns und Talenten, zum Können und Sinn.
Doch nicht jede Freude entstammt dem Gewinn
des Suchens und Fragens und nie aus dem Wollen.
Denn jene nicht suchen, die gerne nur schmollen
und grollen und klagen und jammern verschworen.

Wir ziehen im Suchen zur Wahrheit auch hin,
zu uns und dem Wert der wahrhaftigen Welt.
Doch kaum, wenn die Suche sucht den Gewinn
des Ruhmes und Geldes und dem, was gefällt
der Masse und Klasse, der sich täuschenden Menge,
die glaubt, dass die Frucht ohne Leiden gelänge.

58
DER KAMPF IST VERGEBLICH

Der Kampf ist vergeblich, die Wahrheit wird siegen,
der Krampf ist so neblig, sie wollen nicht lieben,
die Feinde des Menschen, wie sollen wir sagen?
Es ist ihnen Übel und daher Versagen.

Die Wahrheit in Worten, die Lüge im Ton,
sie werden gesichtet, empfunden als Hohn,
ihr Freunde des Lebens, was müssen wir nennen?
Die einen verstehen, die andren verkennen.

Doch wer schon versteht? Und wer noch verkennt?
Wem Liebe ergeht? Und wer sich bekennt?
Zum Sinn jeder Zeit? Vertrauen geehrt?
Der Frieden hat Stille sich niemals verwehrt.

Die Wahrheit wird siegen, der Kampf ward umsonst,
die Klarheit wird lieben, wenn du sie betonst.
Die Freiheit bleibt uns, die Demokratie,
fürchtet euch nicht – und belüget euch nie.

59
SIE TRENNEN SICH

Sie trennen sich und spalten dich,
sie spalten sich und trennen
die guten Worte, ziehen Strich
und werden sich verkennen.

Sie werten dich und leerten sich
den Kübel ihres Geists,
verachten sich und so auch dich,
so wird es sein bald meists.

Sie trüben dich und trügen sich
durch den verworrenen Sinn,
den sie beweisen durch den Stich,
wenn ihnen fehlt Gewinn.

60
Wahrheit und Ruf

Wahrheit ist nicht so bekannt, wie ihr missverstandener Ruf;
Missverständnisse mit ihr, sorgen für Schuld und Gewalt.

61
Wahrheit suchen

Bitte denkt daran, Freunde, die Wahrheit zu suchen;
wer die Wahrheit nicht sucht, wird in Lüge leben.

62
Keine verzweifelte Sache

Suchen nach Wahrheit, gewöhnlich keine verzweifelte Sache,
offen dafür bereit auch das Gegenteil davon zu schauen.

63
Lüge als Wahrheit erkannt

Schaut sich die Lüge als Lüge, ist die Wahrheit erkannt;
wer die Lüge nur glaubt, hat die Wahrheit darin nicht geschaut.

64
Wahrheit bekannt machen

Wahrheit bekannt zu machen ist wesentliche Sache,
nicht nur der Philosophen, sondern des Menschen an sich.

65
Wahrheit und Zeit

Wahrheit entwickelt Zeit zu den vielen Formen hin;
wo wir Entwicklung verschlafen, gelingen die Formen nicht.

66

Wir Menschen sind Menschen

Wir Menschen sind Menschen, wo immer wir sind,
nicht Deutsche, Franzosen, Russen und solche,
die meinen, im Lande allein es gelingt,
recht sicher zu leben, das sagen die Strolche,
die Menschen nicht menschlich als Menschen betrachten
und gar nicht erkennen, dass sie sich verachten.

Die Menschen sind Menschen, wo immer sie sind,
den Atem genießend, die Sehnsucht nach Sinn
getragen ins Fragen, wo es auch gelingt
die Würde zu achten und auch den Gewinn
der Liebe Vertrauen, die Leistung auch will
und ehrt auch den Frieden und keinerlei Drill.

67

Ungeist kommt zur Einsicht nicht

Ungeist kommt zur Einsicht nicht
menschlich Fragen zu betrachten,
denn er bleibt ein eitler Wicht,
den ein Mensch muss klar verachten,
doch nicht hassen, unterscheide,
dass daher der Wicht noch leide
an sich selber, seiner Sicht,
die er dreist daher verbreite,
weil er Wahrheit noch vermeide
und die eignen Lügen glaubt.

68

Geh achtsam um

Geh achtsam um mit jenen Worten einer kalten Welt,
die Wärme, für der Menschen Sieg, mit einem Geist erfriert,
der eitel, kurz, die Antwort meint, gewiss schon vor der Zeit
des Friedens, in dem Herz des Schweigens, ob der Schönheit hier.

69
Die Wahrheit schaue klar

Die Wahrheit, Freund und Freundin, schaue klar,
da doch auch Sokrates sie einst gesucht
und er den Becher trank, da andre Narr
und klagend haben ihn mit Schuld verflucht,
doch Falschheit nicht, dass sie nicht suchen wollen
den Sinn der Liebe, da sie dieser grollen.

70
Wahrheit und Beliebigkeit

Wem ist die Wahrheit noch beliebig, eng
und noch nicht weit genug und tief vertraut?
Wer denkt noch hart und eitel zudem streng,
da er an geistigem Leide auch noch kaut?
Und hat verdaut noch nicht den wirren Blick
auf jenes Denken, das ihn täuscht geschickt?

71
Standhafte Lügner

Wer Lügen recht standhaft als Muster gebraucht,
hat heiligen Frieden recht lang schon missbraucht.

Und dient nicht dem Wohl der menschlichen Welt,
doch will nur Diäten für's Konto – der Held.

Die menschliche Welt, die den Lügnern schon glaubt,
hat nie eine Wahrheit, doch Lügen erlaubt.

Die Lügner nur kommen dann an die Macht,
wenn menschliche Welt die Wahrheit verlacht.

72
Die Menschheit scheint

Die Menschheit scheint noch nicht zu schauen,
so manches Mal, wie sie sich irrt,

der falschen Macht blind zu vertrauen,
da an der Wahrheit sie verwirrt
und deren Klarheit noch nicht spürt
und sieht nicht, wie der Trug verführt,
da doch so einige sind schon klar.

73
O FREUDE

O Freude, bleib und wende dich nicht ab von dir,
da du verlörest sonst Gesicht und die Wahrhaftigkeit,
ergründe wahren Sinn und die Gerechtigkeit,
gewinne Kraft und komme stets zurück zum guten Wir.
Was wäre sonst zu tun in jenem Sachbezug,
als zu enthüllen uns die Täuschungen der Eitlen Zeit?

74
O DU GERECHTIGKEIT

O du Gerechtigkeit, erwarte nicht der anderen Spende,
da es an mir und dir doch liegt, ob wir in Würde sind.
Ich such zu geben wo ich kann und gebe auch mein Wort
den Sinn zu klären und die Fragen frisch uns anzuschauen,
damit gemeinsam uns die Seele tief gegründet wird
und so uns, aufrecht und gerade, jede Lüge stirbt.

75
BEDENKE DEN MENSCHEN

Bedenke der Mensch und du selbst sind kleinlich im Geist,
noch nicht groß vertieft in die Schönheit der Augenblicke.
Und denke nicht dunkel sei dies hier genannt im Gedicht,
da Dunkle das Helle nicht schauen in klarerem Licht
als ich es hier tu, wenn du aufrecht die Liebe vernimmst.
Denn Liebe wird aufrecht der Lüge die Lüge benennen
und somit Erkenntnisse spenden, Wahrhaftigkeit nah.

76
BEDENKE DEN KAMPF

Bedenke den Kampf in dem Geist um die Wahrheit der Welt,
den Drang in der Kleinheit das ewige Große zu wissen.
Hat dieser nicht leid ein eitler Kampf nur zu sein,
da er nur den Krieg und das Leugnen der Freude hofiert
und traurig das Ende gedankenlos nahe vermeint,
da Schönheit er schmäht und das friedliche Leben beschmutzt?

77
BEDENKE DAS DENKEN

Bedenke das Denken ist nicht homogen oder gleich
    in der Welt,
die Stufen des Sinns sind verschieden und so auch der
    klarere Wert.
Wer steht wohl oben schon auf jenem Ausblick ins
    tiefere Land,
nicht Mühen gescheut und die Leiden gelitten
    am Tage der Nacht?
Willst du verstehen was Frieden uns meint und Kraft
    auch bedarf,
da andere wollen dies kaum und meist nicht ernst
    genug sich?

78
VOM HEUTE UND JEDEM APRIL

April will in ganz eigener Weise
dem Leben öffnend sich erkennen
als Frühling, der gesteht noch leise
die Frische jenes Winters, wenn
dem tragischen Geschehen der Erde
verstirbt die Furcht ob ihres Werde,
da doch ein Sinn weicht nie von ihm.

79
SELTENE MENSCHEN

Seltene Menschen muss man suchen durch die Zeit,
mit bewusstem Sinn nach tiefer Menschlichkeit,
stehen aufrecht und gerade, jedem Leid
tiefen Sinn zu spenden ob der Endlichkeit.

Seltene Menschen werden Weisung sein und Wert,
werden Einsamkeit ins Tiefe uns eintrösten,
stehen unserem Leben als ein Baum bewährt
klarer mit der Wurzeln Krone, die sie lösten.

Seltene Menschen inspirieren uns zu gehen
eigene Wege hin zu einem innigen Sinn,
lassen uns den Tag und jene Nacht verstehen,
wo die Sonne warm ist, klarer das Ich-Bin.

80
ES IST UNS GEWORDEN

Es ist uns geworden Bewusstsein von Leben,
Bewusstsein von Tod, die endliche Zeit.
Bis wir sind gestorben, da müssen wir geben
der Zeit die Essenz von Liebe und Leid,
damit wir geborgen vertrauensvoll streben
und so überwinden den Krieg und den Neid.

81
IRRE DICH NICHT

Irre dich nicht, da die Täuschung dich wählt sie zu schlagen,
da Gewalten voraus du vernimmst, aus der Lüge der dreisten Welt,
die das Gute will schänden und du die Gefahr klar erkennst
im Besinnen der Zeit und des Raums für den Frieden des Klangs
zum Gespräch über sachlich getragene Worte der Eitelkeit,
die den Dolch schon parat für den Rücken der Demokratie.

Auswahl aus Demos und Magister[4]

82
Körperlich krank

Körperlich krank heißt noch nicht auch krank mit dem Geist,
denn der Geist doch umfängt als Körper-Geist inneres Fleisch
bis zum Kontakt der Zellen aus der Tiefe des Alles Struktur.

83
Geistig krank

Geistig krank ist der Mensch im Mangel an Liebe und Sinn,
wenn zerrütten er wird durch den Kampf für die bessere Welt
die bestehende Welt durch die Wirren der Worte Betrug
mit der Hetze der Schuld für den anderen oder sich selbst.

84
Seelisch krank

Seelisch krank ist der Mensch im Entfachen von Krieg und Mord,
wenn verschlossen sein Sinn nicht die Fragen zum Frieden mehr
hört,
mit der Furcht vor dem Tod jenen Tod noch erzeugt in der Nacht,
nun verloren im Aus einer Welt, die ihn liebt, wie er war.

85
Am lächelnden Tag

Schweige sodann, wenn verletzen du willst die Liebe des Lebens,
lehre sie mehr durch den Kuss deiner Wärme am lächelnden Tag.

86
Wissen

Wissen ist jung noch, geboren aus Fragen und Skepsis,
Zweifel gesund angewandt und die Stille in Frieden genutzt.
Schwer aber all die Details geworden durch ihre Macht,
leicht sich zu sehr beschwert und den Ort nicht gewechselt.

87
Weisheit

Weisheit ist alt schon geworden, doch immer frisch
    auf dem Tisch,
wie die Blumen vom Garten und Gärtner des ewigen
    Alls.

88
Kümmere dich

Kümmer um Wahrheit und Fakten dich,
ohne die Wahrheit wird Lüge zum Fakt.
Kümmer um Liebe dich und um Vertrauen,
schau in die Welt und lehre sie Sinn.
Kümmer um dich dich und finde ein Schauen,
Freude im Herzen, mit Ernst als Gewinn.

89
Trage und finde

Trage zunächst klug die Fragen der Zeiten im Herzen,
finde die Freude der seelischen Rührung sodann.

90
D-Day, Normandie

Entlarvt euch im Alltag, früh, der Lügen Tyrannen,
damit ihr am Strand nicht strauchelnd gehet von dannen.
Entlarvt jene Siege im Kampf eures Geistes als Trug,
da sonst aus den Hülsen Geschosse euch treffen am Bug.

91
„Märchenstunde"

Sie grinste sich die Wange krumm
und gab es doch nicht zu,
das Wort des Mannes war nicht dumm,
und sagte nur „Ach du!".

Sie lachte innerlich, gefasst
und suchte zu verbergen,
dass ihr des Mannes Wort schon passt,
an dem sie konnt sich stärken.

Sie suchte dann nach einer Flucht
und zeigte schließlich doch,
ihr Mann ist eine große Wucht,
an dem sie freut sich noch.

92
Das Feuer schüren

Weil einer nicht schaut sich die Schuld an,
die er anderen gibt und meint sei gerecht,
wird er die infame Gewalt nicht erkennen,
die er damit als Feuer schürt.
Die Selbstgerechtigkeit ist schuldiges Feuer.

93
Wird es gelingen?

Wird es gelingen, nicht Phrasen und Glauben über das Wissen
jenem Morgen und Übermorgen unseren Welten zu überlassen?

94
Schnee

Der Schnee von gestern ist manchen noch das Koks von heute,
weil sie den Schnee beklagen, der so kalt hier war
und leider sie, mit Ungeräumtem, am Gestern hängen.

95
VERNEIGEN

Sie hatten zehn Jahre schon frisch und auch frei
gelebt miteinander und nicht einerlei
dem andren die Treue gehalten und mehr,
sie wussten, es war zuweilen auch schwer.

Sie sorgten für Sprache und Ansagen auch,
getrauten sich Ärger, der aus ihrem Bauch
ins Häuschen einfloss, zu äußern, mit Weh,
damit doch der andere den Punkt auch versteh.

Doch auch es sorgte die tiefere Freude
für den entspannten Humor in dem Heute,
da ihnen die Basis im Grunde stets passte
und keiner den andren abgründig schon hasste.

Vielmehr war's Respekt und Anerkennung
des anderen Weg und Ego-Erkennung,
das ihnen den Eindruck von Liebe so zeigte,
da jeder noch immer sich doch noch verneigte.

96
SEI BEDACHT

Mancher erzeugt mit verbaler Gewalt jene Not, die
geschändet sich fühlt,
tragisch zur Waffe gegriffen Respekt zu verlangen
vom verbalen Aggressor,
bringt ihn der andere um, da geschändet will der sich
nicht sehen durch das Wort,
Notwehr geäußert, auch weil die Gewalt nicht nur
einmal ihm leidlich erging –
hat beendet, geschändet, der andre die Not doch gewiss, sei bedacht.

97
IM OBSTKORB

Renne nicht den Leuten hinterher, weil du noch Liebe suchst,
finde sie in dir gewiss, indem du selber läufst als Mensch,
falte jene Kraft dir aus, die zeigt, dass du was Eigenes bist,
doch nicht eigentümlich oder eigen, aber zugewandt
lebendig diesem Leben – die eigene Frucht im Obstkorb – sein.

98
EINE WEITERE FRAGE

Besser ist's bedacht nach einer weiteren Frage schauen,
lieber nicht verbal zum Gegenschuss den Groll ansetzen.
Ist es doch der Hass auf unabänderliche Trottel,
der entflammt, was doch ein Licht, nicht Feuersbrunst, sollt sein.

99
VON DER ANTWORT AUF DIE FRAGE

Was tut der Mensch gewöhnlich, leicht, wenn eine
        Frage ihm gestellt?
Er fürchtet sich, die Antwort nicht zu wissen und gibt
        rasch irgendeine.
Gewöhnlich ist die Furcht kaum klar, denn meist
        glaubt er an seine Antwort schon.

100
DIE WAHRHEIT UND DER KRIEG

Die Wahrheit wird jeden Krieg gewinnen,
der ihr jäh aufgezwungen wurde;
sie wird auch niemals Krieg beginnen,
da keinen Grund sie hat, in ihrem Frieden.

101
Die Politik und der Krieg

Die Politik wird Krieg beginnen,
wenn sie die Lügen nicht versteht,
da sie damit will Pracht gewinnen,
weil ihr der Kampf im Geist besteht.
Sie zeugt den Hass und das Verbrechen
und wird sich auch am Frieden rächen.
Drum müssen all die Philosophen
entlarven Lügner und die Doofen.

102
Flüchte nicht

Flüchte nicht, doch suche dich,
eile nicht, doch schaue mehr,
finde dich und fluche nicht,
frage dich und machs nicht schwer.

Traue dich, doch kopflos nicht,
dich zu sehen als nicht getrennt
von dem Hellen jener Sicht,
die mit Herz sich selber kennt.

Weine auch, doch jammre nicht,
klage nicht mit Schuld den an,
der dir bietet jenes Licht
des Zuhauses für dich dann.

Wo nur ist dein Himmelreich?
Wann wirst du in Frieden sein?
Wen wählst du zu lieben gleich?
Willst durchschauen du den Schein?

Schau die Welten, wie sie sind,
jener Menschen Glück und Leid,
beides ist für uns bestimmt
ob der Winde jeder Zeit.

103
ÜBER DAS WAHRLÜGEN DER FASCHISTEN

Sie lügen sich die Meinung wahr
mit ihrem eitlen Wort des Protz,
sind Lügen nicht nur einmal nah,
da ihnen quillt ihr Hals voll Kotz.
Wie kommen sie mit ihrem Wort
zu jenem Hass und dreisten Mord?

Nicht unterschätze ihre Worte
im Sinne der Entschiedenheit,
die uns verderben wird die Orte
des Wirkens in Zufriedenheit.
Hör hin auf deren Eitelkeit,
die bald dich führt in Jammerleid.

Sie schwindeln sich die Lügen wahr
und täuschen sich an Wirklichkeit,
die sie vergiften kalt und bar
der Freude freier Ehrlichkeit.
Was leitet diese wahren Lügner?
Warum will blenden uns der Hübner?

Denk nach, o Freund und Freundin, du,
die Dreisten lügen sich zum Hass,
da sie nicht hören wirklich zu
und geben Fragen einen Pass.
Warum verachten Sie das Leben?
Und wollen keine Liebe geben?

Was immer sie mit Worten meinen,
erscheint in ihrem Geiste wahr,
sie werden spalten, nicht vereinen,
das Trübe ist den Lügnern klar
und wird das Fragen krass ersticken,
weil sie so gern am Zünder stricken.

O Freund und Freundin, lehre dich

die Weise klug den Sinn zu sehen
und jene Worte deren Stichs
rechtzeitig klarer zu verstehen,
denn ohne dieses zu erkennen,
würdst du dich selber auch verkennen.

104
Sie glauben zu wissen

Sie glauben, zu wissen und auch erwidern
mit einem Verständnis, das ihnen nicht zeigt,
dass sie eilfertig reden und schwammig nur denken
und Schuld so gerne zu anderen verteilen,
denn sie bemühen sich niemals und nie
Verstehen, Verständnis, Erkenntnis zu finden,
da aus dem Wissen sie haben recht flapsig
die gläubigen Phrasen des Geistes gemacht.

105
Nimm und nimm nicht

Nimm doch den Menschen den Glauben nicht übel,
solang sie nicht üblere Taten begehen.

Nimm nicht das bekanntere Wissen her,
um es als deinen Besitz zu markieren;
du machtest einen Glauben daraus.

Nimm dir das Fragen, ergründe die Schuld,
die anderen zu geben tendierst du recht rasch.

106
Sind tiefer wir schon vorgedrungen

Sind tiefer wir schon vor ins innige All gedrungen,
uns selber edle Werte für den Lebenssinn
gefunden und entdeckt, uns gütig selbst entfaltend,
da die Natur und Gott und auch die Zeit dies wollen,
nun da wir sind, der wir doch sind und lächeln schon.

107
Sie sassen und tippten an Laptops[5]

Sie saßen und tippten an Laptops,
und schrieben politisch viel.
Die Männer trugen Flipflops,
die Frauen kannten das Spiel.

Der Privatier vermeinte:
„Die AfD ist doch Schrott."
Die Lageristin verneinte:
„Die bringen uns wieder ins Lot".

Die Psychologin betonte:
„Die projizieren die Schuld,
da irrig die meinen es lohnte
damit zu begründen den Kult."

Nur Unterwäsche bekleidet
der Rechtsanwalt, ohne die Klage:
„Die Demokratie uns verscheidet,
wenn das Parteiverbot sie nicht wage."

Der Lehrer blieb cool und schrieb:
„So schnell geschieht das hier nicht".
Die Künstlerin schnaubte: „Sei lieb
und provoziere uns nicht den Verzicht".

Der Versicherungsmakler verkannte:
„Die treffen die Sorgen des Landes."
Die Prostituierte bekannte:
„Mit so was nimmt nur überhand es".

So tauschten sich Worte und Sichten,
die Leute erregten sich auch,
da jeder was wollte berichten,
den anderen heben vom Schlauch.

Im Netz da ist immer ein Plätzchen,
mein Liebes, da solltest du sein,

dort machen die Blaubraunen Mätzchen,
doch du wirst entlarven den Schein.

108
O bleibe doch

O bleibe doch, du guter Mensch der Freud
und leide nicht zu viel am Leben hier.
So traue dich stets jeden Tag des Heut
zu ehren Sinn und Menschlichkeit des Wir.

Ich weiß, du fühlst es schwer seit Jahren schon,
doch liegt es an der Zeit des hier Gewordenseins,
du bist die Zeit, die dich durchdrungen hat,
so freue dich doch tief des hier Geborenseins.

109
Hilfe, Fragen, Irrtum

Wer einem hilft, hilft noch nicht viel.
Wer Zweien hilft schon mehr.
Wer tausend hilft, der kennt das Spiel.
Wer sich selbst hilft, bleibt wer.

Wer Fragen stellt, muss noch nicht wissen.
Wer Fragen prüft, wird suchen so.
Wer Antwort gibt, muss noch nicht wissen.
Wer Antwort lauscht, hört Fragen froh.

Wer achtsam ist, wird Schaden meiden.
Wer aufmerksam, wird Leiden spüren.
Wer klüger wird, durchdringt die Zeiten.
Wer Irrtum fasst, fasst Wahrheitsmut.

110
Forschen und Suchen

So lass uns weiter nach der Wahrheit forschen,
du Freund und Freundin dieser schönen Erde.
Denn tun wir's nicht, gelangen wir zum Morschen,
zu jenem faulen Holz, das nicht mehr tragen kann
und wir nicht bauen können an unserem Glück.

So lass uns nun nach der Gemeinschaft suchen,
du Fremder und du Fremde, die wir sind.
Lass uns allzeit gerecht verteilen Kuchen,
da wir doch backen können, vielfältiglich,
um uns gemeinsam Frieden zu servieren.

111
Gleichsam gleich und ungleich

Gleichsam gleich und ungleich sind wir auf Erden geboren,
ähnlich es heißt, verwandt und bekannt – und zur Liebe bereit;
ohne das Andere, Verschiedene, die Liebe ist *nichts* von Belang,
gleich ist sie daher zu finden in jedem und allem durchaus.

112
O mutiger Mensch

O mutiger Mensch der Suche nach Wahrhaftigkeit,
     der dieses Leben liebt,
geh hin und suche frisch die Wahrheit weiter, auf deinem eigenen Weg
und frage nach dem tieferen Frieden, der doch im Augenblick uns ist,
warum die Lüge ihn nicht kennt und daher Schuld
     verteilt und flüchtet
hinaus auf jenen inneren Mond der Einsamkeit, mit
     leidlich Zweifel noch,
da er noch nicht versteht und nicht erfahren hat die
     Liebe, die er sei.

113
O mutige Liebe

O mutige Liebe in der Welt all jeder Zeit auf deinem Pfad,
schlägst dir die Sichten frei von wirren Worten der Gehässigkeit,
immunisierst dich stetig wieder von den Lügen all der Irrenden,
die durch dein Leben kreuzen und es durchkreuzen wollen, durch
    jene Kreuzigung.
Du Liebe sollst am Leben bleiben und stetig tiefer nach Essenzen
    suchen,
erfinden nicht den Glauben nur, nicht Phrasen der Beliebigkeit,
doch finden tief und immer tiefer Dich, auch wenn du kämpfen
    musst.

114
Mai

Mai nun zeigt blau seinen Himmel und grün jeden Strauch,
klar ist die Sicht in das All schon bei Nacht und der Hauch
kalter Zeit war grad eben noch kränklich Genesung erfordernd,
da schon zeigt auch die Sonne zunehmende Kraft und ihr Licht.
Wird der Sommer uns glücken und die Hitze das Wasser belassen?
Will das Jahr sich erfüllen, wie immer erfüllt sich ein Jahr?
Stoisch die Zeit uns entfalten hinauf zu der Blüte des Tods? –
Mai stets zeigt schön sein Gestirn und lebendig jeden Moment.

115
Juni

Juni warm mit wohligem Regen sanft ein wenig kühlt
inmitten schon von jener Hitze mit dem blauen Himmeltrost,
da die kurzen Ärmel und die nackten Hosen fühlt
frei der Mensch, das Kind, die junge schlanke Frau liebkost
Luft und Liebe auf der Grenze in das All der Ewigkeit,
da uns kluges Licht zeugt klar ein attraktives Wohlgefallen.
Wem die Zeit gefällt, der nickt zur Dankbarkeit, die rührt.

116
DOCH IHNEN FEHLT SCHAM

Sie lügen uns Gewalt herbei
und wollen, dass wir akzeptiern
die Lügen des Aggressors Schrei,
doch sie es wieder nicht kapiern.

Wie damals schon und auch zuvor,
die Schlafenden, sie träumen wild
am Tag nun wieder und sind Tor,
da sie verzerren jedes Bild.

Sie vergewaltigen bereits
den Anstand und auch das Vertrauen,
bedrängen Klugheit ins Abseits
und wollen keine Fragen schauen.

Wie damals schon und heute nun
ist ihnen an der Macht gelegen,
um nicht das Sorgen gut zu tun,
doch Böses aus der Welt zu fegen.

Sie drohen die Gewalt herbei
und zeigen sich im Größenwahn
paranoid recht krank dabei,
doch ihnen fehlt der Demut Scham.

117
MENSCHEN SUCHEN ENTWICKLUNG

Menschen suchen Entwicklung und doch nur die
Nahrung für's Haus;
beides zu schaffen ist schwer und bedarf einer liebenden Kraft,
die dem Leid auch entsteigt und es trägt, doch ohne
die Klage zu führen
und nicht zwingt sich dazu ob der Kraft, die schöpfe-
risch, mild.

118
DIE ENGE DER WELT

Die Enge der Welt ist in Wahrheit der Mangel an
    Raum in den Herzen
der Menschen, die suchen zu weiten sich selbst in den
    Grenzen
des Daseins Natur und des Wesens der Zeit für den
    liebenden Trost.

Die Enge der Welt wird sich weiten mit dem Weiten
    der Zeit
aus der Treue zum Wahren und Guten und Schönen
    des Alls;
so scheint es zu werden für all unser Menschenge-
    schlecht.

119
EHRLICHKEIT

Nun, Freund und Freundin, suche dir die Ehrlichkeit im Herz
des Menschen jeden Tages Licht und deine ganz besonders tief.
So ringe fortan und auch weiter mit Aufrichtigkeit und Wert
der Liebe, die das Großmaul stets beschmutzt, weil er im Hass
und krass verworren meint, die Welten würden immer bleiben so
wie sie so seien und das sei: ungerecht. Der sieht nur nicht –
und spüre dies in jedem täglichen Begegnen, drum sei erwacht –
dass *er* das ist, das Ungerechte, Resignierte:
    das eitle Schwätzerhirn.

120
HÖRST DU DEN KLANG

Hörst du den Klang in dir schon, der nicht du und
    doch Du schon bist?
Traue dem Geist nicht das Wort, doch erst in dem
    Schönsten des Sinns,
dass du Liebe vernimmst in dem Stück, dem stetig du
    tiefer vertraust.

121
WENN DU KEINE FEINDE HAST

Wenn du keine Feinde hast
suchen sie dich noch,
denn so mancher Feind gern hasst
tief in seinem Loch,
weil ihm immer gar nix passt,
nur sein eitles Doch,
da er mit den Worten prasst
ob des Geistes Joch.
Sei daher recht stark gefasst,
wenn er an dich kroch.

122
WENN DU EIN PAAR FREUNDE KENNST

Wenn du ein paar Freunde kennst,
ehre sie vertraut,
schaue, wie du sie benennst,
sprich nicht allzu laut,
wenn ein Streit du mit ihm stemmst,
spür wie's dich erbaut,
da du dich nicht glatt verrennst,
wenn's auch er erschaut.
Zeige dich, wenn du bekennst:
Ihr euch tief erlaubt.

123
WENN DU EIN PAAR FEINDE HASST

Wenn du ein paar Feinde hasst,
hasse nicht dich selbst,
denn das wäre eine Last,
da du dich verstellst
mit Beschwernis, der Unrast,
die du stets erhältst
und wahrscheinlich du dann fast
immer nur verbellst.

Lindre dir die üble Last,
dass du dich erhellst.

124
WENN DU KEINEN „FREUND" BENENNST

Wenn du keinen „Freund" benennst,
wirst du Gründe haben,
vielleicht auch, weil du verkennst,
Freundschaft sei zu wagen,
ungewiss vielleicht verbrennst
zu sehr deine Gaben,
da durch Welten zu sehr rennst
du in deinen Tagen.
Denken denken, das dich bremst,
liegt zu sehr im Magen,
schaue daher, wie du lernst
nicht zu sehr zu klagen,
da von dann du Leben stemmst
und kannst klug ertragen.

125
WIDMUNG 2 AUS DEMOS UND MAGISTER

Jetzt ist die Nacht schon vorüber gegangen,
und kann noch auch wieder uns werden.

Wo im Dasein willst hin du gelangen
zum Stillen des Durstes der Zeit?

Wen nimmst du mit für der Liebe Verlangen
nach jenem Frieden im Leid?

Lindre stets dies und befrei, was vergangen
in ihm will fast-ewig ersterben.

ANMERKUNGEN

AUSWAHL AUS DEMOS UND CUSTOS

1. (Seite 3) Demos, *griechich*: Volk. Custos, *latein*: Wächter, Beschützer.

20 VOM BEGEHREN DES „UNMÖGLICHEN"

2. (Seite 11) Das Gedicht ist vom folgenden Vers inspiriert: „Den lieb ich, der Unmögliches begehrt" (Johann Wolfgang von Goethe, Faust II).

AUSWAHL AUS DEMOS UND LIBERATOR

3. (Seite 26) Demos, *griechich*: Volk. Liberator, *latein*: Befreier.

AUSWAHL AUS DEMOS UND MAGISTER

4. (Seite 38) Demos, *griechich*: Volk. Magister, *latein*: Lehrer.

107 SIE SASSEN UND TIPPTEN AN LAPTOPS

5. (Seite 46) Das Gedicht ist inspiriert von Heinrich Heines „Sie saßen und tranken am Teetisch" aus dem Jahre 1822.

ALPHABETISCHES
VERZEICHNIS

INHALTSVERZEICHNIS

Bibliographie

(Die in diesem Büchlein versammelten Gedichte stammen aus den folgenden drei lyrischen Werken und bilden die Demos-Trilogie des Autors zum Thema Demokratie und Menschlichkeit.)

Klinger, Thomas (2024a). *Demos und Custos. Gedichte. Über Demokratie und ihre Verletzlichkeit.* Mensaion Verlag.

— (2024b). *Demos und Liberator. Gedichte. Über Demokratie und ihre Potenzialität.* Mensaion Verlag.

— (2024c). *Demos und Magister. Gedichte. Über Demokratie und ihre Lehren.* Mensaion Verlag.

Impressum

Mensaion Verlag
c/o Block Services
Stuttgarter Str. 106
70736 Fellbach
Deutschland

E-Mail: kontakt@mensaion.de
Internet: https://www.mensaion.de/

MIX

Papier | Fördert
gute Waldnutzung

FSC® C083411

Zeitfracht Medien GmbH
Ferdinand-Jühlke-Straße 7
99095 Erfurt, Deutschland
produktsicherheit@kolibri360.de